世界で一番すばらしい俺

表紙写真　著者
装　　丁　加藤愛子（オフィスキントン）

校舎・飛び降り

高校の四階建ての校舎から雪が溶け去りチャイム降り出す

マンドリン、マンドラ、マンドラセロ、ギター、コントラバスのわが音楽部

コントラバス略してコンバス体格がオレよりもいいオレの楽器だ

女子五人、男子三人ほそほそと集まり楽器つるつると弾く

同級生部員のあなたがあまやかに息をはじめるこの胸の奥

噂には聞いていたけどどうしよう戻れなくなりそうな吊り橋

「こんにちは」「さようなら」しか話せないつづきは心の中だけで言う

いちじくをふたつに割った形状のマンドリンはあなたに抱かれて

妬ましい奴だあなたのその指に押さえられつつはじかれる弦

コンバスの弦をフォルテではじいても口ごもってるみたいな響き

こんにちは　今の「こんにちは」を見たか聞いたか今夜はこれで眠れる

青い春　恋がこころに満ち満ちて好きでたまらぬたまらず好きだ

十七のオレの想いがつづられたルーズリーフの四枚四ツ折

ラブレター手渡すときの渾身のオレのことばのどもりうわずり

封筒を受け取るあなたがほほえんだかに見えたのを手ごたえと呼ぶ

これほどにオレはあなたを思ってるならばあなたはオレをどれほど

二週間返事を待って待ちきれずまちぶせをした朝の廊下に

目が合ったあなたは去った軽蔑に致死量があることがわかった

耐えられないすべて消したい恥ずかしい永久にどこにもいたくない

『ウェルテル』が自分のために書かれたと感じた　壁に黒い靴跡

透明なナイフを自分の胸に刺す、抜く、刺す、もっとだ、もうゆるさない

とぶために四階に来てはつなつの明るいベランダに靴を脱ぐ

目を閉じて頭を下にして落ちた六十九キログラムの自分

空白は一時間弱　三階で守衛はオレを見つけたという

守衛の見たオレは涙を流しつつ廊下を歩いていたのだという

保健室のホワイトボードの落書きを見ていた心とりもどすまで

有耶無耶の曖昧模糊をただよってなつかしいなあこの世のからだ

病院に向かう車に押し黙る教師父親母親じぶん

アゴなどを数箇所強打した以外なにも変わらぬオレの現世

二日間休み再び学校へ行って自分の位置に着席

教室の机にひじをついている死ぬことだけを考えている

遠くからあなたを見れば惨めさがびっしり生えた自分と思う

部活には行かなくなったオレがドアを開けると笑い声が止むんだ
あの森は昼も真っ暗なんだよという声がしたほうに振り向く
ヘ音記号みたいにオレの魂はどこにも行けない形で黒い

灰色に曇る五月が六月にうつって雨が降り出してきた
六月の雨をあなたが駆け抜けてバスに乗るのを校舎から見た
さしだせばどうなったかと思いつつ自分のためにさす傘の紺

ぶざまブザマ無様がオレのためだけの言葉になるまで降れ笑い声

忘れずにいてもらうため死にたいとマジで思うし理解されたい

すれちがう時は互いが影になる　外にファイトのかけ声やまず

なげやりになってしまったオレの持つ槍のひとつに白い答案

ここまでの話を聞いた先生の返す言葉にうなずく午後は

教頭が「そんな話は古い」と言う珍しい茶を碗に注いで

心臓が、ひどく重くて、痛いです、どうして生きて、られるんです、か

苦しんでいるのはあなたのほうだろう変なおとこにつきまとわれて

夏までに秋までに死ぬ卒業をするまでに死ぬ死ぬまでに死ぬ

音楽部の演奏会の客席のオレにあなたの音がとどいた

コンバスはオレじゃなくてもできるという当然を知る生きながら知る

それからはもうそれっきり高校に夏秋冬がきて雪つもる

うしろまえ

泳いでる海がみるみる干上がってゆく感触の果てに目覚める

休日の朝七時から一日をなぜだかあきらめてしまうんだ

十七の春に自分の一生に嫌気がさして二十年経つ

悪口を言われてる気がすることを自己紹介の途中に言った

パトカーが一台混ざりぼくたちはなんにもしてませんの二車線

電柱を登ってゆける足がかりとても届かぬ位置より生える

うしろまえ逆に着ていたTシャツがしばし生きづらかった原因

「呪われたみたいに肩がこってる」と言ったオレだがなぜ分かるのか

自己嫌悪にうっとりとしているあいだベルトゆるめに締めている手は

おそろしい形相をした歳月がうしろからくる　前からも来た

出前用バイクは昨日見た位置の五十センチほど後方にある

あたためたはずのパスタが冷たいのも自分のせいと知るべきだった

田舎芝居「平謝り」を披露してそのブザマさにより許される

まったくの時間の無駄と知っていてなお口喧嘩必殺の法

ドブに捨てるようなものだと冗談に聞こえるように言って千円

バカにしているのを見やぶられかけて次の細工は丁寧に編む

他人への刃がクシャミしたせいで自分の胸に、ほら刺さってる

思い詰めた顔の少女の目の先は夜の電車の平凡の床

ぼろぼろを渡って帰る二十二時ぼろぼろは来てくれた部屋まで

死にたくて飛びこんだ海で全身を包むみたいに今日を終わらす

眠り男

問題に取り組むよりも問題を忘れることで生きのびてきた

朝起きて「おやすみなさい」のメール見てそれに応える日本語がない

欲望が背中で床を這ってきてこちらのオレをがっかりさせる

宇宙から声がとどいて靴下はきのうのやつをもう一度履く

すこしなら呪われたっていいでーす　駅で運ばれてる段ボール

少年が繰り返す「イブ」みずからの名前を一人称にしていた

秋が来る　床屋の椅子に重大な秘密があってほしいと思う

3個入りプリンを一人で食べきった強い気持ちが叶えた夢だ

出てきてはいけないものが出てくると思えばやはり出る夢の中

ありえない向きに体が曲がってて顔は笑っていて子供の絵

つぶやいている場合だが重要なことをしている場合ではない

夕焼けの赤紫っぽい方を日付の変わるころにとりだす

つかのまのドサクサがありあのひとと乾杯のカチンを交わせない

小さな子小さな足をのせている小さな車いすはゆっくり

寝るほどに疲れるようだ　起き上がりぼんやりとしてもう一度寝る

仙台に雪が降る

目覚めてもゆるくみじめだ今積もり始めた雪のしとしとしとと

静止した朝一枚にカラス来て自転車が来てはげあたま来る

クイズショー不正解者の心地する顔面もろに雪風を受け

あやしげな健康食品販売店の朝の雪かき真っ当である

工事用機械の首は長く伸びついにはオレを見つけてしまう

安全を求めるうちに狭い方暗い方へと追われる獣

三人で歩いていれば前をゆく二人と後ろをゆくオレとなる

午後五時のすでに暗くて〈砂押町〉降りる者なく通過するのみ

四拍のゲンパツイラナイ　七拍のキレイナミヤギヲトリモドソウ

仙台の町にウサギとサンタいて看板を持つ「原発ＮＯ」の

お時間があれば話をしたいという声しりぞけて暇もてあます

「仙台駅」三文字「SENDAI STATION」十三文字で大差がついた

スタジアムを漏れる光のしらしらと照らせば照らすほど川暗く

傘を振り落ちないしずくと落ちるしずく何が違っているのでしょうか

泣いているある時点から悲しみを維持しようとする力まざまざ

吐く息の白は消え去りこんなのは誰でもできるあなたにもできる

打ち出され釘に転がる銀玉の特にあっさり消えたものへの

知ってると言ってあなたが話し出すエピソードのささやかな脚色

近づけば夜のマンホールさざめいていつかは海になりたい汚泥

あわよくば世界を覆い尽くそうと上下左右に命は伸びる

わたくしをあげますあなたをくださいと読めるポーズでフィギュアが終わる

震災にヤマザキ春のパン祭り景品皿は傷ひとつなし

親指に指紋があると思い出し無性に見たくなり飛び起きる

何らかが押し寄せてくる急かされるようにペンをとるも何も出ず

祈っても祈りきれない祈りありコップのふちに蝿うずくまる

名を呼んで伸ばされた手は届かずにみんな枯れ木になってしまった

そんな気がしてきただけさわたくしもあなたもいなくなった海底

生命を恥じるとりわけ火に触れた指を即座に引っ込めるとき

祈りとは声も指先も届かない者にダメ元で伝える手段

そこここに空を見ている人がいて青さを喜び合っている夢

魂の転落

雲と雲と雲と雲との戦乱のまっただなかに電信柱

一日は毎日あるが去り際の太陽が照らし出す雲の群れ

風景を見てるつもりの女生徒と風景であるオレの目が合う

礼というよりはつかのま下を向くくらいでよいと思われている

君らのはケンソンだろうオレの場合ほんとにダメなんだよ近寄るな

体型のことを言われてひっこめる腹のそれほどでもない動き

「引」と書いてあるけど押してもひらくのがわかっちゃったし肩からいくぞ

重役が何人か来てその中の不吉においてき抜きん出た顔

ぼくは汽車、汽車なんだぞー！　と駆けてきた子供がオレにぶつかって泣く

「魂の転落」とでも題すべき雲を含んで空暮れてゆく

黒い歯

歯が痛みはじめたことで生活のまんなか黒いものがひろがる
これほどの歯痛に耐えているオレに世界はいやらしいほどしずか

歯痛には快楽があるとドストエフスキーが書いてましたぜ、へ、へ！

仕方なく電話入れれば診療は二日後　十七万秒痛む

伝記漫画「アインシュタイン」読んで待つ　赤子にアルベルトと名がついた

アルベルト・アインシュタイン「象はなぜジャンプできないの？」と父に問う

アルベルトの結婚式の最中にオレの名前が遠く呼ばれた

真っ白な天井とライトのみによる視界閉ざして口あけている

抜歯後のガーゼ嚙みしめじくじくと河原で喧嘩したことはない
通院は二度で終わってアルベルトは黒い時代に置き去りのまま

ピンクの壁

I　ぶちのめされない

朝起きた途端に夢はくじかれて強制的な現実のなか

鏡では見たことのある顔をした自分自身で見る窓の外

道端に落ちてるマスクを無理矢理に着けさせられる予感　朝もや

ベランダで煙草くわえる男性の見おろす視野を出ようと急ぐ

まぶしがる顔といやがってる顔の似ていてオレに向けられたそれ

戦えばオレをぶちのめせるだろう中学生の低い挨拶

公園を公園らしく見せるための装置のような利用者たちだ

メガホンを持って応援する者のメガホンの中にある口うごく

すべり台を寝そべりながらずり落ちる君たちの無限の可能性

ゲートボールをしているそばを通るとき「地球は丸い」と声が聞こえた

たくさんの子供がしがみついている巨大遊具を正面に立つ

標識の落石注意に落石は四つ描かれてどれも真っ黒

伝わったようだがオレが言ったのと逆方向に行く迷い人

用のない者は中には入れない門の向こうがオレの母校だ

捨ててあるタイヤのなかに雨水が住んでてわりとちゃんとしている

行き先を知らず昇った石段の上でがっかりして降りてきた

憎しみがうまく言葉にのってきて舗装途切れて土に踏み出す

II　ニヤニヤしてみる

N君の家が床屋であることをどうして笑ったんだろオレは

再会のN君に根掘り葉掘り訊かれごまかす二十年の生き方

いいんだよオレのことなどどうだって、などと言いニヤニヤしてみるが

とりあえず「だって」と言ってみたものの特に言い訳できることなし

モザイクをかけたみたいだ拡大をしすぎた結婚式の写真は

じゃあ逆になんで一緒になったかと訊いてみたいが深そうな森

透明なガラスのせいで進めないふりがうまくて行かないで済む

いつかまた会おうと言ったN君の記憶の顔は顔のみで浮く

「夢」の字がうまく書けない四と夕のあいだに伸びる棒が長くて

「いまごろは工藤はどうしているのか」と思い出したの誰？　いつ？　どんな？

走馬灯ながれるとして見どころのないこともない現時点まで

映像で見たか実際されたのかもうわからない裏切りのこと

美しく映る鏡があるならばそれには映らないよう走る

ヘアーサロンＮＩＴＴＡにピンクの壁はありピンクだけれどどうしても壁

Ⅲ　胸に手を置く

オレを呼ぶ声がかすかにするようで緑の強い方へ踏み込む

遠近感狂いはじめて森林が心の奥にあるようである

まっすぐな木とかたむいて生えた木がならんでオレにもの思わせる

桜の木見上げて写真を撮るひとの片方曲げた足がよかった

過剰から散る花々よ母親の給料後数日のパチンコ

目の前を歩く小さなおじさんの口笛のせいでむなしいと知る

春になるとおかしな人が出てくると聞こえて自分の胸に手を置く

ごじゃごじゃにからまってるがはじめからこんなつもりでいたか巨木よ

トラックに轢かれ死のうと考えてややふらついただけの車道だ

母親に今日は三千円貸した春の酸素が鼻から入る

立ち並ぶ夜の桜の一本の一部を特に照らす街灯

うるせえと注意している声だけがオレの耳まで無事たどりつく

電柱に青い手さげがぶら下がる中身を見たら戻れぬ予感

幸せなあちらのオレが今ここのこのオレを思いぞっとする夜

うっかりと入っていくと晩飯がふるまわれそうな灯りの家だ

何をしても間違っているような夜に縄跳びの音、それも二重跳び

オレ以外みんな真面目に生きていて取り残された気のする深夜

金属が金属を打つ音が五回、六回あってあとは暗闇

ぬばたまの自分の見たいもの以外見えない夜のそのままに朝

車にはねられました

自転車で青信号を渡ったら車に当たり飛んだよマジで
死んだとは思わないけど面倒が体を包む感じはあった

自転車と鞄とスマホとスマホ用電池パックと工藤吉生が
腰を打つ　仰向けで「アア！」「アア！」と言う　道路のうえで産まれたみたい
五十秒くらいもがいて立てる気がして立とうとして立ったら立てた

三メートルくらい飛んだと耳に聞く誇らしいのはなぜなのだろう

しだり尾のトーキョーカイジョーニチドーはこれでもだいぶ略した名前

「まっすぐに寝て下さい」と促され寝れば曲がっていて直される

寝返りを打つには体の各部位が一致団結せねばならない
腰痛は日に日に弱くなってきていつものオレになってしまった

この人を追う

砂嵐以外は何も映さないテレビを思う　風の水面に

公園の禁止事項の九つにすべて納得して歩き出す

キスをする距離のふたりがオレのいるあいだはせずにいてくれていた

てのひらで暴力団を止めようとしてる女はポスターの中

マスタード・ケチャップ同時にかけられる便利パックも散乱のゴミ

ボケというひどい名前の植物の背丈がオレとそうかわらない
左肩にかけてたカバンを右肩にかけてパラレルワールドみたい
黒髪を生やす力のおとろえた頭を下げて求めたゆるし

力の限りがんばりますと言わされて自分の胸を破り捨てたい

「サイコロをもう一度振り出た数を戻れ」もどれば「一回休み」

〈ラーメン〉と赤地に白く染められた決定的な幟はためく

並盛りと言ってもかなりの量がくるしきたりを受け入れてわれらは
コクとキレ知らないものを知っているみたいに半ばまで来てしまう
スープまで飲み干し思う破滅から地球を救い胴上げされたい

現金のように使えるポイントのもう戻れない無垢の心に
この人にひったくられればこの人を追うわけだよな生活かけて
頭を掻くつもりで上げた左手の先が帽子の中へ潜った

考えず腕組みをして不機嫌に見えそうだなと思ってほどく

何をしても落ちなさそうな黒ずみに両足で立ち〈1〉と〈閉〉押す

ひらきだす自動扉の前に立ち通れるようになるまでの無為

むらさきとピンクの歌が漏れているこのスナックの名を「蘭」という

なんとなくいちごアイスを買って食う　しあわせですか　おくびょうですよ

わかるけどそうは言っても死んだまま一生過ごすことはできない

脱ぎ捨てた靴下ふたつの距離感を眺めていれば鳩時計鳴く

全身に力こめれば少しだけ時間を止められないこともなくない

手を腰にやってコーヒー牛乳を飲んではみても傷もつ心

トリックをすべて解かれてうらみつらみねたみを2分言う殺人者

次にくる年号を予想する人がテレビの中に座ってて邪魔

水を吐くオレを鏡に見てしまうモザイクかけておいてほしいな

見たくないものが日に日に増えてくるオレの一人の部屋の消灯

人狼・ぼくは

作文をいつも「ぼくは、」で書き始める素直なオレはどっか行ったよ

いいことはなんもないけどももいろの花をながめてだましだましだ

信号を待ってるあいだ灰色の壁を見つめる　透けりゃいいじゃん

自転車が徐々に大きくなりながらこちらにやってきていやらしい

力こめ丸めた紙が（ゆるせないことだが）元に戻ろうとした

ガムテープ貼られた郵便受けのこと思い出してる橋の中央

なぜオレをブロックするかわからない。わからないのが原因だろう

マーガリンの違いだったら知らねえなマーガリン野郎に訊けばいいだろ！

蹴飛ばした椅子に近づき立て直しまた蹴りたくなる前に出てゆく

がんばろう?　それは地震のやつですか今それオレに言ったんすかね

一杯の水にうるおう人間を一億倍の水はのみこむ

魔女狩りを一千分の一にして人狼ゲームに人はうるおう

むらびとを殺しオオカミ守りぬく選考会を立ったまま読む

イスにイスを重ねていって人間が座れそうにはないイスにする

なぜこんな植物も知らないのかとうすらわらいだ吊るしてみよう

自分にはなんにもないと言いながらチラッチラッと見てくる人だ

粉は先、液体スープは後入れと知っているからマウントとれる

触れられて倒れのたうち回ってるサッカー選手を見下ろす主審

テキトーにやってんのかと疑って聴いた祭りの笛のひょろりら

坂道でアイス食べてもいいかねえだめかねえもう三十八歳

昼に寝て夜起きている日に聞いたまったく獣じみてる悲鳴

まばたきとそのつぎにしたまばたきのあいだだけいたとうめいなひと

いきものをすごく怖がるロボットを頭の中で歩かせてみる

空席の前で吊革持って立つあんたの富をオレにくれなよ

行きたくて行ってみたのさ土砂降りの夜の公園　そっちこそ誰

三日月の欠けたところに腰かけるみたいにオレを知ろうとするな

気が利いてるつもりのオレのあいづちが鳴り響いてるまっくろの部屋

眠ってる人にさわると眠ってるなりに自分を守ろうとする

腹をもむ　いきなり宇宙空間に放り出されて死ぬ気がすんの

ぼくは、なわ飛びがとく意です。スキップ飛びが、とても楽しかったです。

おもらしクン

精子以前、子のない頃の父の食う牛丼以前、牛や稲穂や

恐竜の絵を描き上げた画用紙を破らずになどいられなかった

鬼とヒトふたつに分かれ遊ぶとき怖くて選べなかったよ　ヒト

学級会　トイレでズボンを脱がされた話にみんなで耳澄ます午後

ちんちんが二つあったら楽しいとケンくんは言い、オレは反対

ワンタンメン専門店の前を過ぎ唱えるわんたんめんせんもんてん

ぱぴぷぺのポップコーンに固いのがあって口からいま出すところ

戦場に細川たかしの笑い声　ハッハッハッドカーンハッハッハッドカーン

久保さんの家がジャンジャカ燃えてたねみんなひとつになった思い出

村山のハゲは駄菓子屋やめたのかテレビ見てるの外から見えるぞ

シューティングゲームのうまいやつが来て雨粒全てよけて帰った

歴史上すべてが大事教科書をキラキラさせる君のイエロー

解答欄ずっとおんなじ文字並び不安だアイアイオエエエエエ

柔道の授業で早く負けようとやわらかく踏む畳のみどり

指されてもわからないから黙ってる「座っていい」しか聞きたくはない

憎しみを社会に向けてひとに向け自分に向けてそこで落ち着く

「死ね」という言葉によって君の持つ説得力が自殺したのだ

戦いに行きはしないが深刻なポーズをしてるガンプラとオレ

プロ野球選手のシールを集めるがG．G．佐藤ばっかり当たる

トロいとは言われなくなり考えていたいろいろがなくなりました

この当時オレが笑っていたなんて信じ難いが夏の一枚

絵日記の中の家族が一列に並んで立って笑うのを見た

いちご、って答えて急に恥ずかしくなった中学一年のころ

「ああいうふうになっちゃだめだ」と十歳のころに言われた指をさされて

おもいでの虫捕り網がつかまえたアゲハやさしくはばたいてたよ

お父さんにかまわれたくて怪獣の口のあたりで撫でるテーブル

自動車の車内ライトのうすぐらさ五歳くらいの頃から好きだ

水色のボールころがり土がつく　夢は習字の先生でした

早く早くとドアを叩いてそののちに漏らして泣いた夜を忘れず

眠るため消した電気だ。悲しみを思い返して泣くためじゃない

まばたき

おのおのの枝ひんまがる木の下で言われるままの愛であったな

点滅の青信号に止まろうとするオレ、突っ走ろうとする君

君からの電話を待って待って待って今日は川辺で半月を見た

まばたきを何秒せずにいられるか競争したね愛する人よ

届いたよ絵はがきのなかで黒猫が見上げた先にまっしろい猫

ぬらっ

人生をやってることにはなってるがあまりそういう感じではない

殺人をしてしまったら殺人をしてない人に憧れそうだ

ヒョウ柄の強そうな人を後ろから見ているオレの柄はチェックだ

賞味期限過ぎてるものを朝昼晩食べて強気な態度で暮らす

非常時に壊せる壁を壊すのはオレには無理だオレにはわかる

月ならばたまに見ることあるんだよ月を見つめる自分が良くて

「品性がない」と聞こえて自動的に首からグンと振り向いていた

おみこしになって元気な人達にかつがれたいな年に二回は

黄色い紙郵便受けに入ってて読んで捨てたらまたも黄色い

針の穴を通った糸はそれまでの糸よりやる気を感じさせるぜ

女子バレー見慣れたころに男子バレー見ると驚く見慣れるまでは

ああ人は諭吉の下に一葉をつくり英世をその下とした

百十円ならば買わないおにぎりの百円セールに二点を選ぶ

雪かきにも草むしりにもあらわれる中途半端なオレの性格

ふわわわと恥ずべき過去はあらわれてオレに小さく首を振らせた

ヨーグルトを容器とフタとスプーンとスプーン袋にして食べ終える

ストローで飲み終えた後しばらくはスースースースー吸う男性だ

西側と東側とに向いているスピスピーカーカーの声声

ギター弾く人のうしろを通るとき振り向かないでくれと願った

上空からオレを見たならヒッヒッヒ何も知らずに歩きおるわい

オレに対し決定的な一言を持っていそうな沈黙の人

われながら百点と思う作品を八十と言い五十五と言う

55を20と20と15とに分解してる雪道の上

四十になろうというのに若者に向けた批判を身構えて聞く

眠ってる赤子に青のミニカーを握らせ思い直して奪う

「少年よ神話になれ」と口ずさみ楽しげな現実のおじさん

音楽がなぜ好きなのか考えて暗い呪術に思いは及ぶ

ばらばらのブラスバンドの練習のそのばらばらに聞き入って春

〈音楽は存在しない何かへの憧れである〉とフォーレは言った

赤や白や黄色のチューリップがあって近づけばオレの影で真っ黒

自転車に乗ってるオレと目が合ってボール蹴るのをやめた少年

東京に行って頑張りたいなどと聞こえるベンチにまどろんでゆく

Aだねと言われてBへ歩み出すオレの進路は危ういだろう

図書館はとてもしずかで子供なりの小声がおしっこと言っている

このオレの入浴シーンを謎として見る猫アリス牝7ヶ月

完全な球を目指して寝る猫の耳が少々はみだしている

消防車を横から洗う消防士　春の夕べのやさしい水で

このオレが死んでしまった後に吹く春の風、ああ、あったかそうだ

石ころが海の底へと落ちてゆくさまを思うよ今日のおわりに

甘口の麻婆豆腐を昼に食い夜に食うただ一度の人生

すばらしい俺

膝蹴りを暗い野原で受けている世界で一番すばらしい俺

あとがき

あとがきって、先に読みたくなりませんか。

こんにちは。この本は、オレ・工藤吉生の第一歌集です。三百三十一首の短歌を収録いたしました。

ここでは各章についてふれていきます。

「校舎・飛び降り」五十首。第八回中城ふみ子賞の次席をいただいた作品です。『短歌研究』二〇一八年八月号に「へ音記号みたいに」というタイトルに変更されて半分程度が掲載されました。歌集に収録するにあたり、元のタイトルに戻しました。一字だけ直したところがあります。五首目「胸の中」を「胸の奥」にしました。この連作のなかのオレは十七歳で、このあとは三十代後半になります。

「うしろまえ」二十首。結社「未来」で二〇一七年度の未来賞をいただいた作品です。『未来』二〇一八年一月号に掲載された連作を一部改作しました。つまり、十八首目を新聞歌壇の入選作と入れ替えました。

「眠り男」十五首。二〇一三年に短歌ミニコミ「ハッピーマウンテン」第6号に掲載された十首連作をもとに改作しました。ちなみに「ハッピーマウンテン」第6号は書籍ではなく、紙袋です。

「仙台に雪が降る」三十首。第五十七回短歌研究新人賞の候補になった連作です。『短歌研究』二〇一四年九月号に一部が掲載されました。選考座談会で不評だった歌を落として他の歌を入れました。

「魂の転落」十首。『短歌研究』二〇一四年十一月号の特集「新進気鋭の歌人たち」に掲載された連作を一部改作しました。「新進気鋭の歌人たち」では作者が自分の写真を載せるのですが、暑かったので裸で撮りました。

「黒い歯」十首。結社誌『塔』二〇一四年七月号と『未来』二〇一七年六月号の掲載作品を組み合わせました。二つの結社誌の月詠のコラボレーションです。

「ピンクの壁」五十首。第六十二回角川短歌賞の候補になった連作です。

『角川短歌』二〇一六年十一月号に一部掲載されました。歌集に収録するにあたり、五十首のうち二十首を入れ替えて、受賞しそうな連作に生まれ変わらせることを目指しました。

「車にはねられました」十首。『未来』二〇一八年九月号の掲載作品を一部改作しました。体験としては強烈でしたが、短歌は十首しかできませんでした。

「この人を追う」三十首。第六十一回短歌研究新人賞をいただいた連作です。『短歌研究』二〇一八年九月号に掲載されました。二ヶ所直しました。十六首目「生活懸けて」を「生活かけて」に、三十首目「見たくもない」を「見たくない」にしました。記憶違いかもしれませんが「見たくない」で応募した気がするのです。

「人狼・ぼくは」三十首。『短歌研究』二〇一八年十月号に、受賞後第一作として掲載された連作を一部改作しました。中学生のころには作文の書き出しが「まあ、」だったことがあります。

「おもらしクン」三十首。「朝日新聞」二〇一九年一月九日夕刊の「あるきだす言葉たち」という欄に掲載された八首連作を大幅に改作しました。

「クン」のカタカナ表記が新聞を意識しているのです。

「まばたき」五首。コンテストの入選作品などを集めて構成しました。短いからまばたきです。

「ぬらっ」四十首。雑誌や新聞の投稿欄に掲載された作品、ツイッターで発表した作品を中心に構成しました。ぬらってなんですかと質問されることがありますが、面白くない答えなのでできれば笑ってごまかしたいです。

「すばらしい俺」一首。二〇一五年七月にウェブサイト「うたの日」に投稿した短歌です。「素晴らしい」を「すばらしい」に直しました。

お読みいただいたみなさんが楽しんでくださったならうれしいです。

この本はこれで終わりです。さようなら。

あとがきから読み始めた方はこれからゆっくりご覧いただけますと幸いです。

プロフィール

工藤吉生（くどう・よしお）

1979年 千葉県生まれ。宮城県黒川高等学校卒業。

2011年 枡野浩一編『ドラえもん短歌』（小学館）で短歌に興味を持ち、インターネットを中心に短歌を発表し始める。

短歌結社「塔」を経て、2015年より「未来」所属。

2017年「うしろまえ」（20首）が未来賞受賞。

2018年「校舎・飛び降り」（50首）が第８回中城ふみ子賞次席。

５月17日、車にはねられる。この日に投函した「この人を追う」（30首）が第61回短歌研究新人賞受賞。


宮城県在住。愛猫の名はアリス。

検印
省略

令和二年七月二十日　印刷発行

歌集　世界《せかい》で一番《いちばん》すばらしい俺《おれ》

著者　工《く》藤《どう》吉《よし》生《お》

発行者　國兼秀二

発行所　短歌研究社

郵便番号一一二―〇〇一三
東京都文京区音羽一―一七―一四　音羽YKビル
電話〇三（三九四四）四八二二・四八三三
振替〇〇一九〇―九―二四三七五番

印刷・製本　大日本印刷株式会社

ISBN 978-4-86272-644-5 C0092